(463e) CATALOGUE

# ESTAMPES

MODERNES, PRUDHON, ETC.

## PORTRAITS

PAR GRAVEURS, GAUCHER ET AUTRES

PAR NOMS

COLLECTION DE PORTRAITS DIFFÉRENTS

**De Littérateurs, Écrivains, classés par ordre alphabétique**

## ILLUSTRATIONS, VIGNETTES

QUELQUES DESSINS

Dont la vente aura lieu

HOTEL DES COMMISSAIRES-PRISEURS

RUE DROUOT, 9, SALLE N° 4

AU PREMIER ÉTAGE

***Le Jeudi 21 Octobre 1880***

A UNE HEURE PRÉCISE

**Me Maurice DELESTRE**, Commissaire-Priseur,
rue Drouot, 27,

Assisté de **M. VIGNÈRES**, Marchand d'Estampes,
rue de la Monnaie, 21, à l'entre-sol,

CHEZ LEQUEL SE DISTRIBUE LE CATALOGUE

PARIS — 1880

## CONDITIONS DE LA VENTE

L'ordre du Catalogue sera suivi.

Au comptant.

Cinq pour cent, en sus des enchères, applicables aux frais.

**M. VIGNÈRES, chargé de la vente, remplira les Commissions.**

Nota. Toute commission sans prix fixé ou sans limite déterminée sera regardée comme nulle.

M. Vignères se charge de faire marquer les prix aux Catalogues des ventes qu'il a faites. Les personnes qui le désirent peuvent s'adresser à lui *franco*.

Plusieurs Amateurs éloignés en ont reconnu l'utilité pour les guider dans leurs achats sur les valeurs des Estampes.

Les Catalogues des Ventes à faire seront envoyés aux personnes qui en feront la demande *affranchie*.

Avis. — Nous prions MM. les Amateurs éloignés de ne pas attendre au dernier jour, pour que les lettres arrivent le matin de la vente, les lettres étant distribuées après mon départ.

**Choix de Catalogues avec prix marqués.**

Roblin. 569 20

---

Deschamps 1

Deschamps 2.50

Deschamps 1

Lemeignen 8.50 Deschamps 1

Deschamps 1 Hedon 5

Deona 10f

Surgere 1[illegible]

Houjard 8 Surgere [illegible]

Houjard 6

(463e)

# CATALOGUE

1 **Adam** (Victor). Sujets militaires. 6 lithog.

2 **Bellangé** (H.). Sujets familiers et militaires. 10 lithog.

3 — Macédoines, sujets divers. Suite de 24 lithog.

4 **Caricatures**. Le portrait du docteur Quilira et autres. 4 p.

5 **Charlet**. Sujets militaires et autres. 12 lithog.

6 **Grenier**. Sujets villageois en Normandie. 6 lithog.

7 **Guyot**. Sujets de Paul et Virginie, ronds en couleur d'ap. Dutailly. 4 planches; deux à la feuille, superbes et toute marge.

8 **Lami** (Eugène). Voyage à Londres. Suite de 12 lithogr. coloriées superbes.

9 **Picart** (B.). Costumes de Dalecarlie. 3 de Hollande et autres. 28 petites pièces superbes.

10 **Prudhon** (d'ap.). Aminta. In-8, superbe ép. toute marge.

11 — Abrocome et Ansia. Magnifique ép. avant la lettre, in-8, toute marge.

12 — Zéphir, dirigé à gauche. Eau-forte pure. — Dirigé à droite avec la lettre. 2 p., in-8, très belles ép. marge.

13 **Prudhom** (d'ap.). Frontispice de Racine. In-8, par Velyn, avant la lettre.

14 — Tête de lettre des Inventions nouvelles. In-8, par Roger.

15 — Tête de lettre du Ministère de la police générale.

16 — Tête de lettre du Gouvernement français.

17 — Tête de lettre du Directoire exécutif.

18 — Tête de lettre du Ministère de la guerre.

19 — Le même, et Préfecture de la Côte-d'Or, 2 p.

20 — Le Roi de Rome. Médaillon in-4, par Roy.

21 **Raffet**. Macédoines. Sujets divers, suite de 10 lithog.

22 **Volmar**. Postillon, chiens, chevaux, etc. 8 lithog.

23 **École flamande** et autre, Sadeler, etc., 12 p.

24 **École du XVIIIe**. Bartolozzi, Carême, Dutailly. 12 p.

25 — D'ap. Boucher, les fontaines, têtes d'ap. Greuze et autres. 16 p.

## PORTRAITS

26 **Adam** (J.). Marie Anne, — Marie Louise, archiduchesses d'Autriche, in-8 et in-4. Superbes ép. marge.

27 **Alix**. Descartes, — Mably. 2 ovales en couleur, petit in-fol. Très belles ép.

28 **Crêpy**. Baillet, Bossuet, Lami, Nicole. 4 p. in-8.

29 **Desrochers** et Odieuvre. Portraits divers. 20 p.

Jurgens 10

Deschamps 1.

Deschamps 1.
Deschamps 1.

Merlin 6. Deschamps 1.50

Zichy

O. Geissler 20 Deschamps 2.50

Nicole 4

Houzard 3
Lemeignen 3.5[illegible]

[illegible] 3

Zichy

Lemeignen 6 Deschamps 1

Barras 6
Barras 4

Barras 5

30 **Dupreel.** Moralistes : Jésus, Aristote, Confucius, Socrate. 7. p., in-12, superbes.

31 **Edelinek.** Descartes, Ferd. de Paderborn. Claude de Sainte-Marthe, Savary, etc. 6 p.

32 **Ficquet.** Descartes. Belle ép., marge. — Vadé. 2 p. in-8.

33 — Balue, Paré, Ch. de Valois. 3 p. in-8.

34 **Gaucher.** Cailhava, in-8, très belle ép., marge.

35 — Demoustier. — Gérard. 2 p. in-8. Très-belle ep.

36 — F. comte d'Hartig. In-8, très belle ép., grande marge.

37 — Métastase. In-8, avant la lettre.

38 — Piis. In-12, belle ép., marge.

39 — Belleau, Du Bartas, Charles d'Orléans, Passerat. 6 p.

40 **Gaywood.** Guttemberg. In-4, belle ép.

41 **Granthomme.** Melanchthon. — Paul Melisse. 2 p. in-8.

42 **Langlois.** M$^{me}$ Du Chatelet, Frédéric II, Pierre I$^{er}$. 3 p. in-8.

43 **Lasne** (M.). Ch. Bernard, petit in-fol. — J. Doublet, grand in-8. 2 p.

44 **Le Beau** et autres. Célébrités diverses. 12 p. in-8.

45 **Nanteuil.** Ménage. Grand in-8, très-belle ép.

46 — P. Seguier, marquis de Saint-Brisson, in-4. — Ph. Quinault? soi-disant par Nanteuil. 2 p.

47 **Saint-Aubin.** Bosquillon, Fléchier, Guérillot. 3 p. très-belles.

48 **Savart.** Marc René, marquis de Montalembert in-4, très-belle ép.

49 **Sergent** (d'ap). Colbert de Seignelay. — Turenne. — L.-J. duc de Vendome. — Duc de Villars. 4 ovales in-4., en couleur, belles ép.

50 **Portraits** par Roullet. Thomassin, Van Schuppen et autres. In-4. et petit in-fol. 13 p.

51 ***Colbert*** (J.-B.). Grand in-8 par Collyer, avant et avec les noms d'artistes. 2 p.

52 ***Corneille*** (Pierre et Thomas), par Desrochers, Gaucher et autres. 5 p.

53 ***Crébillon***, par Balechou et par Watelet. 2 p. in-4., belles ép.

54 ***D'Eon*** (Mlle de Beaumont chevalier). In-8. 2 différents.

55 ***Descartes***, par Desrochers, Dupin, Edelinck, Lubin. 5 p. très-belles.

56 ***Du Chatelet*** (Mme). In-8, par Langlois. — Petit in-fol. par Haid. 3 p. très-belles.

57 ***Du Deffand*** (Mme). Ovale in-12. — In-8 sur chine par Freeman. 2 p. superbes, toute marge.

58 ***Erasme***. In-8 par Moncornet. — In-4, par Vorsterman, 2 p., belles ép.

59 ***Genlis*** (Mme de). In-8, par Meyer. — In-4, par Lignon. 2 p., belles ép.

60 ***Grafigni*** (Mme de). Ovale in-8. — In-4, par Levêque. 2 p. très-belles.

61 ***Grécourt***, par Gaillard et par Garand. 2 p. in-8.

Nicole 2.50

Zichy

Deschamps 1. Lemaignen 6.50

Lonnerberg 5

Lonnerberg 2

Lonnerberg 1

Zichy Lonnerberg 1

mode .
Houzard 8
pas réimprimé
d'Anselm

Barras 6

Barras 12

Cornelli 5
Dechamp 1
Zichy 1

62 **Hoffmann**, auteur des contes fantastiques. In-8, par Pelée, d'ap. H. Dupont, magnifique ép. toute marge.

63 **Hue** de Miromenil, par Anselin et par Hubert. 2 p., superbes ép., toute marge.

64 **Hume** (David). In-8, par Duhamel. — In-4., par Miger. 2 p.

65 **Klopstock**, par Haid et par Wolf. 2 p. in-4, belles.

66 **Kosciusko**. In-fol. par Josi, belle ép.

67 **La Bruyère**, par Desrochers, Lepicié et autre. 3 p. in-8, différents.

68 **La Fontaine**, par Collyer, Dupin, Ponce et autres. 5 p. différents.

69 **Lamartine**, par Schuler, avant et avec la lettre et autres différents. 4 p. in-8. Très-belles ép.

70 **La Motte** (Houdart de), par Desrochers, Dupin, Edelinck, Ingouf.

71 **La Mothe** le Voyer, par Cook, Desrochers et Nanteuil. 3 p., belles ép.

72 **Lavalette** (M^me^ de). 2 p. in-8, différents.

73 **Louis** XVI, XVII, XVIII et famille. 16 p.

74 **Marie-Antoinette**. 2 différents. — Sous le portrait de Marie Thérèse et autre. 4 p.

75 **Malherbe** par Desrochers. — Lubin. 3 p.

76 **Marivaux**, par Ingouf. In-8, très-belle ép. toute marge.

77 **Marmontel**. In-4. par Duchaine, in-8 par Dupin. 2 p.

78 ***Milton***, par Lips à quatre âges différents et autre sur chine. 2 p.

79 ***Molière***, par Audran, Cathelin, Desrochers, Ficquet, etc. 5 p.

80 — par Habert, Ingouf, Lebeau, Lignon, Ponce 5 p.

81 — Eaux-fortes, par Foulquier sur chine, — par Lalauze sur japon. 2 p. très-belles.

82 ***Montaigne***. in-8, et in-fol. 2 p.

83 ***Montesquieu***, par Dupuis, Lebeau, Muller avant la lettre, sur chine. 3 p. in-8.

84 ***Moreau*** (Général). 5 portraits différents.

85 ***Napoléon***. en couleur, en pied, et autre. 3 p.

86 — Prions pour le Père et le Fils, le Saint-Esprit nous exaucera. Grand in-8, colorié. Pièce à transparent.

87 ***Pope***. par Collyer, et à l'eau-forte, 3 p.

88 ***Prévost*** (l'abbé), auteur de Manon Lescaut, in-4, par Schmidt et par Schley. 2 p. très belles.

89 ***Prusse***. Frédéric-Guillaume II, III, Frédéric-Henri. 8 p. différents.

90 ***Rabelais***, par Habert et autres, in-4. Carte du Chinonais. — P. Ronsard. en tout 6 p.

91 ***Racine***, par Collyer, Desrochers et autre. 3 p. in-8. Très belles ép.

92 ***Richelieu*** cardinal. in-8, et in-fol. 3 différents.

93 ***Rollin*** (Charles). in-8, par Cathelin. Superbe ép., toute marge.

94 ***Rousseau*** (J.-B.). par Ficquet et par Dupin. 3 p. in-8.

[illegible] 3.

Hobart 5

Lemoignan 3.

Ho[illegible] 5

Hongard 6

Deschamp 1.5

Deschamp 1.5

Deschamp 2.5

Lemaignan 8 Deschamp 1.5

Duclaux 3 [illegible]nerberg 2.5.5
[illegible] 250
Deschamps 3

Deschamps 1

Deschamp 1

Deschamp 1

Verzier [illegible]

Deschamps. 1.[illegible]

95 **Rousseau** (J.-J.) par Copia, Delvaux, et ses dernières paroles. 3 p. in-8.

96 **Saint-Evremont.** In-8 par Desrochers, in-4 par Gunst. 2 p., très belles ép.

97 **Talon** (Denis), par Larmessin, etc. 3 p. in-4.

98 **Vergennes** (Charles-Xavier comte de), petit rond in-8.

99 **Artistes.** Denon par lui-même, Lucas de Leyde, Nanteuil, Titien. 4 p.

100 **Clergé**, Papes, Cardinaux, Prêtres, Réformés, etc. 32 p.

101 **Députés** et généraux de la Révolution. 26 p.

102 **Écrivains**, Littérateurs, Savants. 30 p.

103 **Femmes célèbres.** Deshoulières, Duchatelet, etc., 15 p.

104 **Médecins.** Hippocrate, Bichat, Marin-Cureau, etc. 7 p.

105 **Rois.** Henri IV, Louis XIII, XIV, XV, etc. 6 p.

106 **Célébrités diverses** Françaises et étrangères. 76 p. 2 lots.

## COLLECTION DE PORTRAITS DIFFÉRENTS

107 **Abeilard** et Héloïse, et sujets. 7 p.

108 **Alembert**, par Maleuvre, etc. 7. p.

109 **Aretin,** par Hollar, etc. 7 p.

110 **Arioste**, par Bouvier, etc. 9 p.

111 **Balzac**, par Hedouin, etc. 3 p.

112 **Banville** (Th. de), par Geoffroy, etc. 3 p.

113 **Barthélemy**, par Dequevauvillers, etc. 5 p.

114 **Bayle**, par Chereau, et autres. 7 p.

115 **Beaumarchais**, d'ap. Cochin et autres. 17 p.

116 ***Belloy*** (de), par Saint-Aubin, etc. 3 p.
117 ***Béranger***, par Frilley, etc. 17 p.
118 ***Bernardin de Saint-Pierre***, par Lignon, etc. 20 p.
119 ***Bertin***, par Boviuet et autres. 4 p.
120 ***Bitaubé***, par Saint-Aubin et autres. 6. p.
121 ***Blanc*** (Louis), par Rebel, etc. 3 p.
122 ***Boccace***. Anciens portraits. 8 p.
123 ***Boileau***, par Savart et autres. 24 p.
124 ***Bossuet***, par Roger et autres. 22 p.
125 ***Bourdaloue***, par Saint-Aubin, etc. 8 p.
126 ***Buffon***, par Savart et autres. 16 p.
127 ***Byron***, par Hopwood, etc. 14 p.
128 ***Cervantes***, par Lefèvre et autres, 12 p.
129 ***Charron***, par Audouin et autres. 5 p.
130 ***Chateaubriant***, par Hopwood, etc. 22 p.
131 ***Chaulieu***, par Saint-Aubin et autres. 4 p.
132 ***Chenier***, par Lefèvre et autres. 6 p.
133 ***Cotardeau***, par Pruneau et autres. 7 p.
134 ***Collin d'Harleville***, par Adam, etc. 5 p.
135 ***Cooper*** (F.), par Hopwood, etc. 6 p.
136 ***Corneille*** (P.), par Ficquet et autres. 20 p.
137 ***Corneille*** (Th.), par Bertonnier, etc. 9 p.
138 ***Courrier*** (P. L.), par Mauduison, etc. 5 p.
139 ***Crebillon***, d'ap. Cochin et autres. 10 p.
140 ***Dante***, par Dien et autres. 15 p.
141 ***Delavigne*** (C.). Gravé et lithog. 8 p.
142 ***Delille***, par Hopwood et autres. 14 p.
143 ***Demoustier***, par Gaucher et autres. 7 p.
144 ***Descartes***, par Ficquet et autres. 11 p.
145 ***Deshoulières*** (Mme), par Tardieu, etc. 6 p.

Deschamps 1.50
Deschamps 2.

Deschamps 1.
Deschamps 2.50
Deschamps 2.
Deschamps 1
Deschamps 1.50
Deschamps 1.50
Deschamps 1.

Deschamps 2
Hougard 2 Barras 5

Hougard 10 Deschamps 2.50
Hougard 4 Deschamps 1.

Deschamps 1.
Deschamps 1.50
Hougard 3 Deschamps 1.
Deschamps 1.50
Deschamps 1
Deschamps 1
Deschamps 1

Deschamps 1.50

Deschamps 1

Deschamps 1

Deschamps 2

Deschamps 1.50

Deschamps 1. Flouyard 3

Deschamps 1.50

Deschamps 1

Deschamps 1

Deschamps 1

Deschamps 1

Deschamps 1

Deschamps 1 Flouyard 3

Deschamps 1.50

Deschamps 3.50

Deschamps 1 Surgères 10

Deschamps 1 Surgères 12.50

Lemaignan 5 Deschamps 1

146 **Destouches**, par Ingouf et autres. 6 p.
147 **Diderot**, d'ap. Cochin et autres. 16 p.
148 **Ducis**, par Pauquet et autres. 10 p.
149 **Dumas** (Alex.), par Dien et autres. 7 p
150 **Dupaty**, par divers. 5 p.
151 **Fénelon**, par Saint-Aubin et autres. 21 p.
152 **Fléchier**, par Saint-Aubin et autres. 6 p.
153 **Florian**, par Hopwood et autres. 14 p.
154 **Fontenelle**, par Hopwood et autres. 9 p.
155 **Galland**, par Morel et autres. 3 p.
156 **Gessner**, par Lips et autres. 17 p.
157 **Gilbert**, par divers 5 p.
158 **Goethe**. Différentes lithog. 11 p.
159 **Graffigny** (Mme), en pied, par Goulu, etc. 2 p.
160 **Grécourt**, par Gaillard et autres. 6 p.
161 **Gresset**, par Ethiou et autres. 11 p.
162 **Guizot**, par Hedouin et autres. 8 p.
163 **Hamilton**, par Bonvoisin, etc. 8 p.
164 **Horace**, par Jehotte et autres. 5 p.
165 **Janin** (Jules), par Paul Chenay, etc. 9 p.
166 **Jeanne d'Arc** et sujets. 8 p.
167 **La Bruyère**, par Savart, et autres. 15 p.
168 **La Fontaine**, par Ficquet, pour les contes et les fables et autres. 31 p.
169 **La Harpe**, par Hopwood et autres. 6 p.
170 **Lamartine**. Gravé et lithographié. 14 p.
171 **La Rochefoucauld**, par Bertonnier, etc. 12 p.
172 **Legouvé**, par Bertonnier, sur chine, etc. 6 p.
173 **Lesage**, par Saint-Aubin et autres. 9 p.

174 **Louvet**, par Simonet et autres. 5 p.

175 **Malherbe**, par Dien et autres. 8 p.

176 **Marguerite** de Navarre, par Hopwood, etc. 3 p.

177 **Marmontel**, par Gaucher et autres. 11 p.

178 **Marot** (Cl.), par R. Boivin, etc. 7 p.

179 **Massillon**, par Roger et autres. 9 p.

180 **Milton**, par Massol et autres. 9 p.

181 **Molière** (M^me^), par Rabel et autres. 6 p.

182 **Molière**, par Lalauze, Lignon et autres. 18 p.

183 **Montaigne**, par divers graveurs. 12 p.

184 **Montesquieu**, par Muller et autres. 9 p.

185 **Panard**, par Chenu et autres. 4 p.

186 **Pascal**, par Hopwood et autres. 12 p.

187 **Perrault** (Charles), par Duflos et autres. 5 p.

188 **Pétrarque**, par Hopwood et autres, 7 p.

189 **Pigault Le Brun**, par Bovinet, etc. 4 p.

190 **Piron**. par Ingouf et autres. 7 p.

191 **Pope**, par divers graveurs. 6 p.

192 **Prévost** (abbé), par Ficquet ? etc. 6 p.

193 **Rabelais**, par Geoffroy et autres. 6 p.

194 **Racine** (J.), par Savart et autres. 20 p.

195 **Racine** (L.), par Delvaux et autres. 7 p.

196 **Raynal**, par divers graveurs. 6 p.

197 **Regnard**, par Ficquet et autres. 16 p.

198 **Richardson**, par Topffer et autres. 4 p.

199 **Richelieu**, cardinal, par Lubin, etc. 6 p.

200 **Rollin**, par Bertonnier et autres. 7 p.

201 **Rousseau** (J.-B.), par St-Aubin, etc. 10 p.

Deschamp 1.
Zichy

Deschamp 1
Deschamp 1

Deschamp 1
Deschamp 1
Deschamp 2

Deschamp 1
Deschamp 1

Deschamp 1
Lemeignen 3

Deschamp 1

Deschamp 1

Deschamp 1
Deschamp 1
Deschamp 2

Deschamp 1.50

Deschamp 1

Deschamp 1

Deschamp 1.50
Hoyard 2.50

Deschamp 1

Deschamp 1.50

Deschamp 1.50

Deschamp 1

Deschamp 1.50

Deschamp 1

Deschamp 2.50

Deschamp 1

Deschamp 5 Lonerberg 5

Deschamp 3

Deschamp 1.50

Deschamp 1.50

Deschamp 1

Deschamp 1

202 **Rousseau** (J.-J), par St-Aubin, etc. 17 p.

203 **Saint-Evremond**. par St-Aubin, etc 5 p.

204 **Scarron**, par divers graveurs. 5 p.

205 **Schiler**, par Hopwood et autres, 9 p.

206 **Sévigné** (M^me^ de), par Hopwood, etc. 14 p.

207 **Shakespeare**, par Hopwood et autres. 14 p.

208 **Stael** (M^me^ de), par Muller et autres. 13 p.

209 **Tasse**, par Cochin, Taurel, etc. 17 p.

210 **Théophile Viaud**, poète. 4 p.

211 **Thiers**, par Hopwood et autres. 12 p.

212 **Vigny** (Alfred de), par Staal, etc. 6 p.

213 **Volney**, par Delvaux et autres. 6 p.

214 **Voltaire**, par Balechou et autres. 25 p.

215 **Walter-Scott**, par Wedgwood, etc. 12 p.

216 **Portraits**. Célebrités diverses. 64 p.

## ILLUSTRATIONS

217 **Béranger**. Suite de très-petites vignettes sur bois pour les chansons. 87 p.

218 — Vignettes in-12 avant la lettre, chine et blanc. 30 p.

219 — Vignettes in-12 avec entourages. 17 p.

220 **Bernardin de St-Pierre**. Paul et Virginie. 7 portraits sur chine et la carte coloriée. 8 p.

221 — Paul et Virginie. 4 sujets en ronds en couleur, par Guyot, sur 2 feuilles superbes et toute marge.

222 **Bible**. Vignettes in-8 sur chine, grand papier. 12 p.

223 **Bitaubé**. Portrait par Saint-Aubin, et vignettes d'ap. Marillier pour Joseph. 10 p. in-12. Superbes.

224 **Boccace**. Vignettes sur bois, chine volant. 22 p,

225 **Boileau.** Suite d'ap. Moreau, pour le lutrin, in-8. 6 p. Superbes, toute marge,

226 **Cervantes**. Suite pour Don Quichotte, d'ap. Eug. Lami et H. Vernet. 12 p. in-8, avant la lettre. Superbes,

227 **Cormenin**. Portraits pour le livre des Orateurs. 27 p. avant la lettre, sur chine.

228 **Corneille** (Les). Suite d'ap. Moreau. 25 p. in-8. Toute marge, Ed. Renouard.

229 — Suite de 4 p. in-8 pour l'Imitation, d'ap. Moreau et Prudhon. Superbes ép., toute marge.

230 **Crébillon**. Suite de 10 p. in-8, d'ap. Peyron dont le portrait, toute marge.

231 — Suite de 10 p. in-8, d'ap. Moreau dont le portrait par Saint-Aubin, toute marge.

232 — Vignettes, d'ap. Peyron. 10 p. in-8.

233 **Delille**. La Pitié, d'ap. Moreau. 3 p. in-8.

234 **Fénelon**. Télemaque, d'ap Marillier. 23 p. in-8.

235 — Suite d'ap. Moreau. 26 p. in-8 dont le portrait par Saint-Aubin. Superbes ép., toute marge,

236 **Galland**. Suite pour les Mille et une nuits, d'ap. Westall, in-8, Avant la lettre, sur chine, toute marge.

…sechamp 1.50

…sechamp 2.50

…champ 1.

…champ 1.

…champ 2

…champ 3

…champ 1 Lemesguen L.

…champ 1

…champ 1

…champ 1

…champ 2

…sechamp 3.50

Deschamps 1

Deschamps 1

Barras 10 Deschamps 1 Verziès 3

Deschamps 1

Deschamps 1 Verziès 10

Deschamps 1. Verziès 5

Deschamps 1

Deschamps 2.50

Verziès 10

Hamy 25

Deschamps 1

Hamy 10

Deschamps 1

Deschamps 1.50

Deschamps 1

Deschamps 3

237 — Vignettes, d'ap. Westall. 6 p. avant la lettre, sur chine, toute marge.

238 — Vignettes, d'ap. Courtin. 17 p. in-8.

239 **Gresset.** Eaux-fortes, par Guillaumont. 9 p., toute marge.

240 **Histoire de France**. 12 p. grand in-8, sur chine, grand papier.

241 **Hugo** (Victor). Les Misérables. 20 p. in-8.

242 — Les Châtiments. 10 eaux-fortes, par Guerard, papier vergé in-8.

243 — La Légende des siècles. 6 p. in-8 sur bois et sur chine. Très-grandes marges. Superbes.

244 **La Fontaine**. Fables, eaux-fortes pures. 60 p. in-12.

245 — Fables, d'ap. Percier. 12 p. en bistre, 12 en noir, 12 en rouge, 36 p. sur chine volant, ép. modernes.

246 — Fables, d'ap. Perdoux, 17 p. in 12.

247 — Fables, d'ap. Percier. 12 p. ancien tirage. Marge in-4.

248 — Psyché, d'ap. Moreau. 9 p. in-12.

249 — Contes in-12. Magnifiques ép. avant toute lettre 2, et 2 avec la lettre. 4 p.

250 **Louvet.** Faublas. 18 p. de Rogier. Edition Lavigne.

251 — Faublas, vignettes sur bois. 47 p. Edition Bry.

252 **Mercier.** Théâtre. 12 p. in-8. Marge.

253 **Molière**, d'ap. Boucher, par Legrand et Fessard. 28 p. in-12.

254 **Molière**. Suite de 31 p. in-8, d'ap. Moreau. Superbes ép., toute marge, Ed. Renouard.

255 — Vignettes in-4, par Riffaut. 10 p. Marge.

256 **Perrault**. Contes de fées. 12 p. in-12 sur chine.

257 — Contes de fées. 18 p. chine volant, tirage en rouge. Edition Le Clerc.

258 — Contes des fées. 10 p. in-8, grand papier.

259 **Racine** (J.). Suite d'ap. Moreau. 13 p. in-8, dont le portrait par Saint-Aubin. Superbes ép, toute marge, Ed. Renouard.

260 — Vignettes, d'ap. Le Barbier. 13 p. in-8.

261 **Rousseau** (J.-J.). Emile, d'ap. Moreau in-18. 10 p.

262 — La nouvelle Heloïse. 13 p. in-8, d'après Gravelot. Edition originale, 1761.

263 — Emile, d'ap. Cochin, 6 p. in-8, Très-belles.

264 **Saint-Marc** (J.-P. André de). Portrait par Gaucher et vignettes. 3 p., toute marge.

265 **Sterne**. Suite de 12 p. sur bois, chine volant.

266 — La même suite de 12 p., chine collé.

267 **Tasse**. Aminta, d'ap. Desenne. 6 p. in-12, avant la lettre.

268 **Virgile**. Suite de 15 p. très-grand in-8, par Bartolozzi, Fittler et autres, toute marge.

269 **Voltaire**. La Henriade, d'ap. Leprince, suite de 10 p., eaux-fortes pures, in-12. Toute marge.

270 — Suite d'ap. Moreau pour les romans. 20 p. in-8, grand papier.

271 — La Henriade, d'ap. Eisen. 11 p. in-12.

…lgens 10 Deschamp 3.50

…mes Duquesne 33. Deschamp 1.

Deschamp 1 Lemoigne 12
par la suite de lecture

…champ 2

Deschamp 1

Deschamp 2

Deschamp 1

…schamp 1

…schamp 1.50

Deschamp 1

…schamp 1

Deschamp 1

…schamp 1

Deschamp 1.50

Deschamp 2.

Deschamp 2

Deschamp 1

Deschamps 3

Deschamps 2

Deschamps 2.50

Deschamps 3.

Deschamps 1.50

Deschamps 3

Deschamps 2

Deschamps 2.50

Deschamps 1.50

Lemaignen 13 Deschamps 3

Deschamps 3

Deschamps 1.50

Lemaignen 12 Deschamps 2.50

Deschamps 2

272 — La Henriade, d'ap. Leprince, eaux-fortes pures, avant et avec la lettre. 3 suites de 10 p. 30 p.

273 — La Pucelle. 23 p., d'ap. Marillier in-8, sur chine.

274 — La Pucelle. 26 p., d'ap. Moreau. in-8

275 **Walter-Scott.** Eaux-fortes pures, d'après Desenne. 51 p.

276 — Vignettes anglaises, d'ap. Stothard, Westall, etc. 28 p.

277 — Œuvres complètes, d'ap. Desenne, Johannot, etc. 80 p. in-12. Edition Gosselin.

278 — Cartes pour ses Œuvres. 29 p. Edition Gosselin.

279 — Vignettes, d'ap. Raffet et autres. 64 p. Edition Pourrat, in-8. Toute marge.

280 **Vignettes**, d'ap. Johannot, Baron, Bourdet, etc. 20 p.

281 — D'ap. Desenne, Deveria, Garneray et autres. 30 p.

282 — Diverses avant la lettre. 16 p., toute marge.

283 — D'ap. Cochin 3, Eisen 5, Moreau 4, Marillier 12. En tout 24 p.

284 — Contes de Boccace, de La Fontaine et autres. 27 p.

285 **Chasselat** (d'ap.). Vignettes diverses avant la lettre. 22 p. sur 15 feuilles.

286 **Daphnis et Chloé**. Vignettes et fleurons. 31 p. sur chine volant. Edition Leclerc.

287 **Desenne** (d'ap.). Vignettes diverses, épreuves d'artistes chine et blanc. 22 p. Superbes.

288 **Deveria** (d'ap.). Vignettes diverses, épreuves d'artistes. 21 p. Superbes.

289 **Girodet** (d'ap.). Suite de 3 p. in-4, avant la lettre sur chine pour ses œuvres, tirage in-fol. Superbes.

290 **Johannot.** Vignettes pour Walter-Scott, avant la lettre, et épreuves d'artistes, tirage grand papier. 21 p.

291 — Fleurons pour Walter-Scott. 65 p. sur chine.

292 — Et d'ap. Raffet, etc., pour Walter-Scott. 73 p.

293 — OEuvres de Walter-Scott. 30 p. Edition Furne.

294 — Vignettes diverses, épreuves d'artistes chine et blanc, et eaux-fortes, tirage grand papier. 25 p. Superbes.

295 — Vignettes et fleurons, quelques eaux-fortes pures, la plupart sur chine et avant la lettre, pour Cooper et autres. 35 p. Superbes.

296 — Vignettes pour F. Cooper, avant la lettre sur chine, tirage grand papier. 13 p.

297 **Marillier** (d'ap.). Vignettes pour divers ouvrages. 360 p. in-8.

298 **Pompadour**. Pierres gravées. 20 p.

299 **Vignettes** diverses, environ 2,000 p. anciennes et modernes. Seront divisées en plusieurs lots.

300 DESSINS. Eléphant royal, charge sur Louis XVIII au trait et colorié. 2 petits dessins.

301 — Adoration des Bergers in-8, bistre relevé de blanc.

[illegible]champ 2.

[illegible]champ 2.

[illegible]champ 2

[illegible]champ 3

[illegible]champ 1.50

[illegible]champ 2

[illegible]champ 2.50

[illegible]champ 1.

Merlin 25 Deschamp 10

[illegible]champ 2.

[illegible]champ [illegible] 2. le 100

| | | |
|---|---|---|
| | 620 p. | 22 |
| | 250 p | 3.50 |
| | 225 p | 7 |
| | 230 — | 3 |
| | 100 — | 6.50 |
| | 100 — | 5 50 |
| | 100 — | 3 |
| | 142 — | 2 |
| | 100 — | 4 |
| lot | 100 — | 2 50 |
| | | 59 |

Deschamps 1,50

Hedou 5

Hedou 5

Deschamps 1

302 — Armoirie en couleur rehaussé d'or, attributs d'astronomie, etc. 3 p. 1

303 — Petits dessins, Sujets historiques de Louis XIV, etc. 9 p. 2

304 COCHIN (C.-N.). Femme disant son chapelet, croquis sanguine in-4. 6.50

305 — L'Ange montrant à Jésus la croix dans le lointain. Très-petit dessin au crayon. 1

306 GRAVELOT. Sujets orientaux. 3 p. in-12 au crayon. 5.50

307 **Miniature ancienne**. Fac-similé colorié rehaussé d'or, sur vélin. — Le même sur papier. — Le même imp. en noir sur vélin. 3 p. 2.50

62 portraits célébrités diverses 5

50 Vignettes et portraits 2

126 Fables La Fontaine et autres sur 117 flles 1.50

100 Perelle paysages et sujets 5

50 Sujets Mythologiques 5

# PORTRAITS EN BISTRE

NOUVELLEMENT PUBLIÉS

**Chez VIGNÈRES, Marchand d'Estampes**

Rue de la Monnaie, 21 (ancien 13)

---

Aissée (Mademoiselle).
Aubigné (Théodore-Agrippa d'), historien.
Bourbon (Elisabeth-Alex.), Mlle de Sens.
Bourbon Condé (Louis de), comte de Clermont.
Charolais (Mlle L.-A. de Bourbon), en moine.
Conti (Diane d'Orléans princesse de).
Corisande (Labelle), Diane d'Andouins.
Dillon (Arthur), gouverneur en Amérique, député.
Drouet, maître de poste à Sainte-Menehould.
Harlay (Achille III de).
Holbach (Madame la baronne d').
Maine (L.-A. de Bourbon, duc du)
Polignac (Madame la duchesse de).

---

## CETTE COLLECTION SE COMPOSE

DE

## PLUS DE 100 PORTRAITS

---

| | | |
|---|---|---|
| Avec la lettre, papier blanc | 1 | » |
| — papier de Chine | 1 | 25 |
| Avant la lettre, papier blanc | 2 | » |
| — papier de Chine | 2 | 50 |

---

**Nombreuse Collection de Portraits pour illustration**

---

Vve Renou, Maulde et Cock, imprs de la Cie des Commissaires-Priseurs, rue de Rivoli, 144 10873

| | | | |
|---|---|---|---|
| Transport à l'hotel | 2 50 | | |
| Honoraires 10 % | 118 | | |
| 2 Mains chemises | 3 | 162 .. | |
| 75 affiches à 2ᶜ travers et afficheur | | 32 | |
| 800 Catalogues | | 145 50 | |
| Insertion au Moniteur des Ventes | | 12 10 | |
| Declaration de Vente | | 2 10 | |
| Timbre des Proces Verbal | | 4 20 | |
| Enregistrement | | 33 75 | |
| Versement en bourse commune | | 37 80 | |
| Honoraires M. Delestre | | 37 80 | |
| Clerc et crieur | | 12 | |
| Location de la Salle | | 40 20 | |
| Journée du Commissionnaire | | 5 | |
| pour supplement de travail | | 10 | |
| | | 534 45 | |
| Deduire 5 % des acquereurs | | 54 .. | 480 45 |
| | | | 700 05 |

www.ingramcontent.com/pod-product-compliance
Ingram Content Group UK Ltd.
Pitfield, Milton Keynes, MK11 3LW, UK
UKHW020503180726
13839UKWH00004B/1876

9 782329 337500